Collection des Grandes Conférences

ANDRÉ LEVINSON

Professeur agrégé à l'Université de Pétrograd

La Littérature Russe actuelle

Guerre — Révolution — Exil

J. POVOLOZKY & Cⁱᵉ, ÉDITEURS
13, Rue Bonaparte, Paris (6ᵉ)

La Littérature Russe actuelle

Guerre - Révolution - Exil

DU MÊME AUTEUR

*Rapport sur la peinture française moderne
dans les collections russes.*
(J. Povolozky et Cie, édit.)

*L'œuvre de Léon Bakst pour « La Belle au
Bois dormant ».*
(M. de Brunoff, éd.)

ANDRÉ LEVINSON

Professeur agrégé à l'Université de Pétrograd

La
Littérature Russe
actuelle

Guerre - Révolution - Exil

Leçon d'ouverture faite à la Sorbonne
le 20 mai 1922

J. POVOLOZKY & Cie, ÉDITEURS

13, Rue Bonaparte, Paris (6e)

Mesdames, Messieurs,

Je me rends parfaitement compte que le moment n'est pas venu pour faire dans mon domaine œuvre d'historien. Ce que je puis vous offrir dans ces notes, c'est plutôt une esquisse où les faits d'ordre moral et social dominent la préoccupation esthétique et le classement définitif. C'est là un rapide tableau de la vie littéraire de là-bas ou bien encore le cliché d'un instantané pris sur le vif et que le temps seul pourra développer.

Donc, rien de plus difficile que de préciser la situation actuelle de la littérature russe, d'en établir une vue d'ensemble satisfaisante. Elle eut à subir une double crise, d'une portée encore incalculable, dans les quelques années qui suivirent la déclaration de la guerre. Dès ce moment s'annonce une déformation de plus en plus sensible de ses tendances traditionnelles et qui semblaient essentielles. Plus tard la domination bolcheviste détermina — en écrasant les intellectuels ou en les vouant à l'exil volontaire — un nouveau mouvement fort complexe, qui fit définitivement dévier le courant.

L'attitude qui imprima à la littérature russe d'avant-guerre son « caractère héroïque » — d'après une formule devenue fameuse, énoncée par feu le professeur Venguérov (1) — fut celle d'une protestation continue et formidable contre l'état des choses.

D'une part, cette mentalité se traduisit par une critique directe de l'ancien régime, critique qui s'attaquait tantôt aux méthodes de répression, pratiquées par le tsarisme, tantôt à sa soif de conquêtes — comme dans les « 7 pendus » ou bien dans le « Rire Rouge » de Léonide Andréev. D'autre part, elle suscita le « tourment de l'au-delà », le refus romantique d'accepter la création telle qu'elle est (Dostoievski). Le dernier geste de Tolstoï — sa fuite — fut une protestation; l'insolence pittoresque des « déchus » de Gorki — un défi. Le lyrisme attristé d'un Tchéchov se console de ce que « la vie sera belle dans deux ou trois cents ans ». Et que représentent le délire.

1. Mort récemment de dysenterie auprès du cadavre de son fils mort vingt-quatre heures plus tôt.

érotique d'un Artzybachev ou l'élan mystique du groupe de Merejkovski sinon le besoin de fuir les réalités brutales de la réaction, triomphante des révolutionnaires de 1905 ?

L'idée même de la patrie — identifiée à la Russie officielle est du reste accaparée par la bureaucratie (par les « pompadours », aurait dit le grand satyrique Stchédrine) — ne figurait aucunement parmi les conceptions familières aux écrivains russes. Leur inspiratrice fut la « Muse de la vengeance et de la douleur » invoquée par Nekrassov, leur élément propre la négation indignée et l'utopie fervente. La littérature fut une arme de combat sans pareille ou bien un narcotique puissant, source d'oubli, un « paradis artificiel ».

Or la guerre vint changer tout cela.

I

Dix ans plus tôt le duel avec le Japon ne suscita qu'une littérature de pamphlets et de révélations ; ce fut un : « J'accuse » général. Les écrivains s'érigèrent en idéologues de la défaite libératrice. Des œuvres de synthèse telles que « La Rencontre » de Kouprine, qui rendit son nom illustre, signifient la condamnation de l'état militaire par le parti intellectuel.

Mais voilà que devant le conflit qui mit les

grandes démocraties aux prises avec l'Allemagne un revirement subit et presque complet se produit. Toute une élite vient se ranger autour d'un gouvernement qui proclama sienne la cause de la liberté, — comme un siècle plus tôt les futurs « décembristes » s'élevèrent contre la tyrannie napoléonienne. Ce furent les poètes lyriques qui se mirent à la tête de ce mouvement spontané, d'autres suivirent l'élan. Pour trouver un précédent à cette fièvre patriotique, il faut remonter aux jours de l'incendie de Moscou ou en rechercher de rares manifestations chez le slavophile Khomiakov ou chez Tioutchev, exaltant la défaite de l'insurrection polonaise. Si « l'union sacrée » ne fut pour la Russie qu'une illusion généreuse et qui ne put durer, elle captiva l'inspiration des grands poètes symbolistes, Solohoub, Alexandre Block. Un des chefs de la jeune génération, Serge Gorodetzky, évocateur de la mythologie primitive des slaves, va jusqu'à acclamer la « communion du tsar avec le peuple ». Il est vrai que nous le voyons aujourd'hui célébrer en vers dithyrambiques la faucille et le marteau, emblèmes soviétiques, et l'énergie de l'effort bolcheviste.

Le martyre de la Belgique fut une source intarissable d'inspiration. Sur le théâtre, les pièces de circonstance se multiplient. Mais seul le drame de Léonide Andréev, « Le roi, la loi, la liberté » se maintient sur les planches. L'action

converge vers la noble figure du poète, calquée
sur Maurice Maeterlink, qui inspire au roi le
sacrifice suprême : l'ouverture des écluses.
Depuis on a retrouvé parmi les papiers d'Andréev,
mort en Finlande, un fragment de dialogue entre
Guillaume II et un savant russe, volontaire dans
l'armée belge. Ce dialogue imaginaire prouve la
préoccupation constante du moraliste hanté par
le problème des responsabilités. Les conteurs
suivent les poètes de près. Nous voyons des
écrivains remarquables concourir aux recueils
« Loukomorié », édités par un des membres de la
famille Souvorine, fils du grand journaliste réac-
tionnaire. Kouzmine, Solohoub, voire le socialiste
Oliger participent à ces recueils par des productions médiocres et faussées. Leurs proses de
guerre s'inspirent de clichés presque identiques.
C'est surtout le bon allemand, le fiancé hypocrite
de l'héroïne, qui se révèle, une fois la guerre
déclarée, la plus insigne des brutes et par dessus
tout espion. La bataille est évoquée par des pro-
cédés aussi factices tendant à reproduire le bruit
des détonations ou la ruée enthousiaste de
l'assaut. Les écrivains de l'arrière se préoccupent
moins de la réalité sanglante que du « panache ».
On conçoit l'indignation de Merejkovski protes-
tant contre « les rossignols chantant sur le sang ».
C'est qu'ayant rompu avec la grande tradition
pacifiste, instaurée par Tolstoï, dépourvus d'im-

pressions immédiates, ces écrivains tâtonnent ou, moins consciencieux, travaillent « de chic ». Aussi dès aujourd'hui rien ne subsiste de ces esquisses hâtives.

Cependant un autre genre littéraire s'institue, celui des « correspondances de guerre ». Plusieurs auteurs éminents, attachés aux services auxiliaires de l'armée, envoient aux grands périodiques leurs récits de guerre. Le romancier Alexis Tolstoï, le poète Valère Brioussov, d'autres encore sont du nombre des correspondants; un philosophe, Fédor Steppoune, fait paraître à l'abri d'un pseudonyme « les lettres d'un sous-lieutenant d'artillerie », qui resteront; Goumilev, jeune chef d'école, fait des vers « sur la plus sainte des guerres » en chevauchant par la Prusse Orientale à la tête de ses houzards, deux fois décoré, puis blessé; on lui doit aussi des chroniques de campagne (1). Ainsi les matériaux s'accumulent. Mais ces notations directes, angoissantes ou seulement pittoresques de la guerre vue de près ne constituent point d'œuvre d'art. Nous ne possédons que les éléments épars de la grande épopée à venir.

En somme la guerre fut acceptée par tous les groupements littéraires soit comme une nécessité imposée par la menace allemande, soit comme

____

1. Goumilev a été fusillé en 1921 sous un prétexte futile.

un renouveau national. Un seul homme s'arcbouta contre ce courant, ce fut Gorki. Il avait quitté l'Italie pour venir fonder à Pétrograd la Revue « Liétopis » (Les Annales), organe de propagande internationaliste. Du reste il s'abstint de toute manifestation politique. Dans un article retentissant et violemment discuté, il juxtaposa « Les deux âmes » de la Russie, l'âme européenne orientée vers l'action, l'âme asiatique rêveuse et inerte. Mais ce sont deux œuvres faisant suite qui viennent rétablir le prestige artistique de Gorki, affaibli par ses romans à thèse socialiste et d'une conception aussi artificielle que simpliste. Dans « L'enfance », et « Parmi les hommes » il nous conta ses débuts dans la vie. Rien de plus émouvant que de suivre la formation de cette âme, se développant à travers les scènes les plus poignantes, pittoresques ou burlesques de la vie populaire sur le Volga. Cette biographie animée vient se ranger à côté d'œuvres classiques : les souvenirs d'enfance d'un Aksakov, voire d'un Tolstoï.

Quelle que soit la tentation de procéder par généralisations, il ne me reste qu'à traiter d'œuvres isolées. Pendant les années de guerre aucune nouvelle formation littéraire ne se dessine. L'art du roman s'enrichit de trois productions remarquables. « Alexandre Ier » par Merejkovski est une chronique de ce règne, qui détermina la

destinée de la Russie pendant un siècle. Merejkovski procède par antithèses. Dans la « Tri-
logie », à laquelle il doit sa gloire, il opposait le
christianisme au paganisme. Dans ses ouvrages
de philosophie mystique il tend à en établir une
synthèse : la religion du Saint-Esprit. Dans
« Alexandre » nous voyons les forces de réaction
aux prises avec la jeune noblesse animée par la
ferveur révolutionnaire. L'âme de l'empereur est
douloureusement partagée ; il succombe au di-
lemme. La foule de personnages historiques qui
figurent dans ce drame d'un pays se présente
sous un double aspect : réel quant à la documen-
tation précise, l'évocation des milieux, factice en
tant que ces personnages sont destinés à se plier
aux idées préconçues de l'auteur.

« Ce qui ne fut pas », roman (1) de Boris Savin-
kov, le fameux aventurier politique, représente
également une page d'histoire, mais plus récente.
C'est un tableau de la révolution de 1905 et
de sa défaite, œuvre nourrie des sensations et
des souvenirs personnels de l'auteur, qui fut un
organisateur terroriste très actif. Les qualités
littéraires de ce roman ne furent pas assez solides
pour lui permettre de survivre à un succès de
sensation, très éphémère.

Il me reste à mentionner, en omettant tel épi-

1. Imaginé du reste dans les années qui précèdent la
guerre.

sodé de signification moindre, une dernière œuvre de longue haleine et qui marque : « Pétersbourg » d'André Béli, un des hommes les plus remarquables de la génération symboliste, poète, romancier, critique, anthroposophe. Si A. Béli s'appuie comme penseur sur la philosophie germanique et dernièrement sur Steiner, il se présente dans ses recherches d'une nouvelle forme d'expression comme l'émule des grands initiateurs français : d'un Mallarmé, d'un Rhimbaud. A la tâche écrasante de rénover le roman, il se prépara longuement par toute une suite de « symphonies en prose ». « Pétersbourg », établi sur la base d'une conception fantastique de la capitale « la plus artificielle du monde », comme disait Dostoievsky, — vaut surtout pour les recherches verbales de l'auteur.

Cette prose savamment rythmée, surchargée d'assonances et d'autres jeux phonétiques, enrichie de métaphores grotesques ou pathétiques, d'épithètes évocatrices, forme un ensemble touffu, confus comme un labyrinthe, mais traversé par des éclairs de génie. La lecture de « Pétersbourg » est un labeur, mais ce livre plein de suggestions semble une étape importante dans l'évolution de la langue littéraire russe.

Cependant le moment approchait où toutes les aspirations littéraires durent sombrer dans la tourmente révolutionnaire.

II

Quand après une année de convulsions la dictature communiste s'affermit, c'en était fait de la production littéraire. Devant la situation faite aux intellectuels par le bolchevisme triomphant, la littérature n'avait qu'une attitude à adopter sans déchoir : le mutisme. Résolument, on se tut, mais aurait-on voulu parler, les mesures étaient prises.

Une fois toutes les publications en dehors de la presse officielle éliminées, le matériel d'imprimerie déclaré propriété de l'État, la distribution du papier soumise au contrôle, aucune issue ne restait aux hommes de lettres, qui refusaient de se rallier au régime. Matériellement, ce fut la misère. Un seul homme accepta la tâche de maintenir sinon la littérature, au moins l'existence des écrivains. Ce fut Maxime Gorki. Des centaines d'hommes de lettres lui doivent la liberté, la ration qui les sauva de la famine, très souvent la vie. Je ne me vois pas qualifié à discuter la conduite politique de cet homme si généralement attaqué. Un jour la patrie reconstituée jugera. Pour combattre la mauvaise foi d'un gouvernement hypocrite et brutal, il dut lutter sans trêve pour la cause des intellectuels. Je n'ai pas à parler ici de ses fondations purement humanitaires. Mais sa vaste entreprise de la « Littérature mondiale » doit être mentionnée. C'est une série de traductions de toutes les œuvres remarquables parues dans les deux mondes depuis la veille de la Révolution française et jusqu'à nos jours. Le plan de ces éditions fut élaboré en toute indépendance par une élite d'hommes de lettres et de savants. A cette œuvre de solidarité et de civilisation toutes les compétences furent acquises. On traduisit, annota, préfaça et c'est ainsi que les plus mauvais moments furent traversés. Il est vrai que la situation de tous ces auteurs condamnés à traduire les œuvres d'autrui et de ne produire rien fut bien paradoxale. Quelle fut la direction donnée par Gorki à cet effort ? « La révolution est faite, le peuple libre. L'opprimé est devenu l'oppresseur. Aujourd'hui une autre révolution s'impose : celle qui affranchira l'individu », telle apparaît la nouvelle doctrine du « marxiste » d'hier.

Il va sans dire que le labeur de la « littérature mondiale » ne fut qu'une illusion généreuse. Par une manœuvre adroite les dirigeants laissèrent faire les écrivains, mais sans leur accorder le papier nécessaire pour ces publications. Par ce moyen « la littérature mondiale » leur servit de réclame retentissante, faite à éblouir les crédules de tous les pays ; de fait elle fut réduite au néant.

Gorki lui-même, courbé sous le fardeau de

responsabilités irréconciliables, d'une lutte sans gloire et sans issue, ne produit que fort peu. Une pièce pour le théâtre populaire, « Le travailleur beau parleur », qui tend à corriger le prolétaire vainqueur de son dégoût pour le travail et de son amour pour les phrases, fut huée, puis interdite comme attentat à la majesté populaire. Des « souvenirs sur Léon Tolstoï », émus et bien observés, furent beaucoup goûtés. Mais en se faisant « l'avocat du diable », dans un panégyrique de Lénine, il s'aliéna définitivement les esprits.

Cependant, pour faire face à la protestation tacite mais obstinée des lettrés, le besoin d'un art officiel s'imposait aux despotes. Ce furent les poètes futuristes qui vinrent s'offrir au nouveau maître, Mayakowski en tête. Ils virent dans l'écrasement de l'âme nationale « le moyen de parvenir ». Leur chef de file, homme de talent, totalement dépourvu de scrupules et assoiffé de réclame, mit son vers au rythme puissant, aux sonorités éclatantes, abondant en images d'une brutalité voulue et sans exemple au service de la plus basse démagogie. Son « Mystère-bouffe », sorte de comédie aristophanesque, où il fait un chœur d'ouvriers traverser l'enfer et le ciel pour arriver enfin à la terre promise du communisme, monté avec la plus grande pompe, tomba à plat. Avec stupeur, on vit l'ombre de Tolstoï bafouée en pleine scène par un poète russe. Un nouveau poème, « Les 150 millions », proclame la soi-disant foi bolcheviste des masses russes. Mayakowski est secondé par d'autres adeptes non moins douteux de l'idéal officiel : Kliouev, paysan du gouvernement d'Olonetz, puisant aux sources primitives de la langue, chef d'une secte mystique dans son pays, panégyriste du bolchevisme dans sa « Baleine de cuivre », Ezénine, qui imagina une Icarie soviétique, Valère Brioussov, le « maître impeccable » du groupe symboliste, aujourd'hui « rond de cuir » communiste, administrateur des lettres. D'autres cénacles, les « Imaginistes », avec Cherchénevitch et Marienhof, « le syndicat des poètes » surent capter la bienveillance de Lounatcharsky, qui leur distribua maint subside.

En même temps, des tentatives sont faites pour remplacer la poésie dite « bourgeoise » par un art prolétarien. Partout des « Proletcultes » sont fondés, associations destinées à seconder ce mouvement, serres chaudes où l'on cultive cette floraison artificielle. Les poètes ouvriers ou soi-disant tels, un Guérassimov, un Gastev, sont caractérisés par l'imitation à outrance de Verhaeren, de Walt Whitman, le grand américain, de leurs collègues bourgeois. Leurs ouvrages ne sont que des pastiches d'une importance fort relative.

Mais le grand cataclysme bolcheviste, la ruée frénétique des masses, la débâcle morale, la

démence destructrice d'un peuple affolé et se
déchirant lui-même attendraient encore leur
expression littéraire si un poème n'avait surgi,
inspiré, inouï.

Ce furent « Les Douze » par Alexandre Block,
poète de la « Belle Dame » la bien-aimée mystique et dont l'œuvre antérieure fut une dernière
floraison d'un romantisme suranné mais captivant. Ce poème — le cantique des cantiques de
la révolution d'octobre — évoque la ronde de
nuit lugubre des gardes rouges dans le décor
d'un Pétrograd-fantôme. A la fin du poème on
voit — rapprochement blasphématoire ! — paraître à travers les tourbillons de neige le Christ
montrant la voie à l'escouade macabre. Par une
sorte de messianisme mystique, le poète attribue
à ces voyous sinistres une mission inconsciente
et quasi divine.

Aucune œuvre ne souleva de si véhémentes
discussions ; les bolcheviks eux-mêmes craigni-
rent une embûche cachée dans cette apothéose.
Mais l'artiste s'y montra merveilleux d'intuition
et de souplesse. Il use d'un langage composite où
l'argot du trottoir et du bagne s'amalgame avec
le jargon des réunions publiques, les tournures
assonancées des tchastouchki, ritournelles populaires, des lambeaux de prières orthodoxes et la
douceur séraphique et ailée des mots disant l'ap-
parition du Christ. Block n'a pas seulement

chanté la révolte d'octobre. Depuis, il en est mort.

Tel serait le bilan — sommairement dressé — de la littérature à l'époque des soviets, si nous nous bornions à ne considérer que les ouvrages imprimés. Mais voilà que les écrivains exclus de tout moyen de se faire lire s'avisent de communiquer oralement leur production au lecteur exaspéré par les rengaines de la presse officielle. Peu à peu les conférences, puis les « almanachs » et les « revues parlées » se multiplient. Nous voyons Rémisov réciter ses paraphrases savantes et savoureuses des anciens drames populaires, Zamiatine dire de brèves nouvelles saisissantes par le grotesque des silhouettes et le choix des vocables évocateurs, des critiques analyser oralement ces inédits. Ainsi aucune répression ne peut anéantir totalement la force créatrice d'une génération littéraire. Les mains liées, la Muse chante pendant son supplice.

III

Dans son ouvrage célèbre sur le mouvement littéraire au xix⁰ siècle, le critique danois Georges Brandès intitula l'un des deux volumes dédiés à la France : « la littérature des émigrés ». Un jour peut-être l'apport des écrivains russes exilés formera un ensemble non moins imposant. Pour le mo-

ment peu de choses le présagent. La littérature
russe à l'étranger, riche en noms déjà illustres,
mais manquant de recrues, tâche en vain de se
relever. C'est une littérature de déracinés, fas-
cinés par le spectacle de la patrie agonisante,
dévorés par une nostalgie irrémédiable, isolés
dans le monde qui se renouvelle, séparés
— comme dirait Maurice Barrès — de leur terre
et de leurs morts.

Paris abrite de bien précieux débris. C'est Bou-
nine qui est le chef naturel de ce groupe, un
maître incontesté. Son pessimisme, sa méthode
objective, son austère souci du style font songer
à un Flaubert, mais à un Flaubert du terroir. Son
œuvre ne se laisse pas réduire en brèves for-
mules. Il voue une haine implacable et intransi-
geante au bolchevisme en faisant pour ainsi dire
contre-poids à Gorki, qu'il attaqua en des invec-
tives exacerbées et d'une ironie féroce. Suivent le
romancier Kouprine, qui ne produit presque plus,
le poète Balmont, idole de la génération qui avait
eu vingt ans en 1905, qui produit beaucoup avec
une fougue juvénile, Grebenchtikov, très consi-
dérable écrivain régionaliste, qui peint la vie dans
le désert sibérien d'une manière colorée et simple,
Mme Teffy, qui tout en cultivant le genre amu-
sant, ne manque pas de qualités lyriques bien
attrayantes, Aldanov, historien de Lénine, infini-
ment intelligent, qui fit dernièrement paraître un

roman sur Napoléon « à la manière de » Anatole France et qui œuvre à un « 9 Thermidor » qui met en présence les destinées parallèles de la France révolutionnaire et de la Russie en gestation.

Il arrive quelquefois que ce ne sont pas les auteurs qui ont dû s'exiler, mais les livres. Merejkovsky publie à Paris son dernier roman, achevé en Russie soviétique : « Le 14 décembre » (date de l'insurrection militaire contre Nicolas Ier en 1825). Ce sujet avait hanté Léon Tolstoï; on se rappelle que la dernière partie de « La guerre et la paix » aurait pu servir de transition à une œuvre sur les « décembristes ». Fédor Solohoub, qui réside actuellement en Russie, a pu faire paraître à l'étranger son roman : « La Charmeuse de serpents », épisode plutôt insignifiant et de plus entaché d'un certain opportunisme. La Charmeuse est une jeune fille de la classe ouvrière bonne, belle et intelligente, qui parvient à transformer complètement le caractère du grand bourgeois son patron; on ne pourrait s'étonner de voir le style même du célèbre écrivain se figer et se décomposer sous l'influence de cette donnée factice et optimiste sans conviction. Cet affaissement d'un talent hors pair n'est-il pas le symptôme du malaise incurable qui terrasse tout effort créateur? Ces pages ne sont-elles pas écrites sur les murs d'une prison ?

Mais notre affreux malheur n'a pas tari toutes

les sources d'inspiration. Le comte Alexis Tolstoï, qui a récemment fait parler de lui par son passage subit et intéressé à l'ennemi, fait paraître une œuvre de la plus grande envergure, « Le Chemin des supplices », roman dont la revue russe, « Les Annales contemporaines » vient d'achever la publication. L'action nous mène de la veille de la guerre jusqu'aux débuts de la révolution. Des personnages nombreux tirés des milieux russes les plus différents évoluent à travers cette action, dont la déclaration de la guerre, l'offensive de Galicie, la fuite du héros prisonnier dans un camp autrichien, le meurtre de Raspoutine et le soulèvement de 1917 sont les étapes principales. Cela devait être un monument élevé au peuple martyr, un essai de démêler les causes de la catastrophe. Cela est devenu un roman d'aventures, plein d'imprévu et d'épisodes frappants.

« Le Chemin des Supplices » n'est pas une première œuvre. Le troisième Tolstoï avait déjà publié maint récit captivant par l'anecdote bien contée, la saveur du vocabulaire. Ses héros ordinaires, personnages falots et grotesques, derniers habitants des gentilhommières délabrées, hommes restés en marge de leur époque, excentriques frisant la manie, lui conquirent une place à part dans le roman russe.

Je crois, en cette étude très sommaire et évitant

de fastidieuses nomenclatures, avoir groupé les
faits essentiels dont l'analyse plus étendue servi-
rait à établir un tableau complet de la littérature
russe actuelle. Je me suis abstenu de toute pro-
gnose; mais qui pourrait douter des ressources
inépuisables du génie russe? Dès maintenant, un
mouvement dont les caractéristiques nous échap-
pent encore, semble se dessiner à Pétrograd. Le
jour est proche, sans doute, quand la terre de
Russie refleurira sous les décombres, quand
Lazare se lèvera du tombeau et se dressera dans
la lumière et dans la liberté.

André Levinson.

POSTFACE

Ce bref aperçu a servi d'introduction à un
cours faisant partie de l'enseignement russe
organisé près la faculté des lettres de l'Université
de Paris avec le concours de l'Institut d'Études
Slaves. Les leçons faites au courant de mai et
de juin 1922 portent sur « l'attitude du lyrisme
russe » pendant les huit dernières années. Je ne
voudrais pas clore cette note sans dire toute ma
gratitude aux organisations et aux personnalités
françaises qui ont contribué à la réalisation de
la « faculté des exilés » en me permettant, quant
à moi, de révéler à un public français un peu
de l'âme de mon pays en proie aux Barbares.

A. L.

IMPRIMERIE J. MERSCH ...

P. MERSCH, L. SEITZ ET Cie

17, VILLA D'ALÉSIA, PARIS

www.ingramcontent.com/pod-product-compliance
Ingram Content Group UK Ltd.
Pitfield, Milton Keynes, MK11 3LW, UK
UKHW022341170726
13837UKWH00005BA/2351